EL CUENTO DE NESSA

Libros de Nancy Luenn y Neil Waldman

Nessa's Fish
Mother Earth
Nessa's Story
El cuento de Nessa

EL CUENTO DE NESSA

por Nancy Luenn

ilustrado por Neil Waldman

traducido por Alma Flor Ada

LIBROS COLIBRÍ

ATHENEUM   1994   NEW YORK

Maxwell Macmillan Canada
Toronto
Maxwell Macmillan International
New York   Oxford   Singapore   Sydney

Atheneum
Macmillan Publishing Company
866 Third Avenue
New York, NY 10022

Maxwell Macmillan Canada, Inc.
1200 Eglinton Avenue East
Suite 200
Don Mills, Ontario M3C 3N1

Macmillan Publishing Company is part of
the Maxwell Communication Group of Companies.

First edition
Printed in Singapore
10 9 8 7 6 5 4 3 2 1
The text of this book is set in Optima.
The illustrations are rendered in watercolors.

Library of Congress Cataloging-in-Publication Data

Luenn, Nancy.
[Nessa's story. Spanish]
El cuento de Nessa / por Nancy Luenn; ilustrado por Neil Waldman;
traducido por Alma Flor Ada.
p.   cm.
Summary: A young Inuit girl, who wishes she had something to
contribute when the adults tell their stories in the gathering
place, encounters the story of a lifetime when she finds a giant egg
one day and is able to see what it hatches.
ISBN 0–689–31919–3
1. Eskimos—Juvenile fiction.   [1. Eskimos—Fiction.   2. Indians
of North America—Fiction.]   3. Spanish language material.]
I. Waldman, Neil, ill.   II. Ada, Alma Flor.   III. Title.
PZ73.L82 1994   93-34814

Para Suzanne
N. L.

Para Jessie Waldman,
mi madre, que llenó mis
primeros días con la luz
del amor.
N. W.

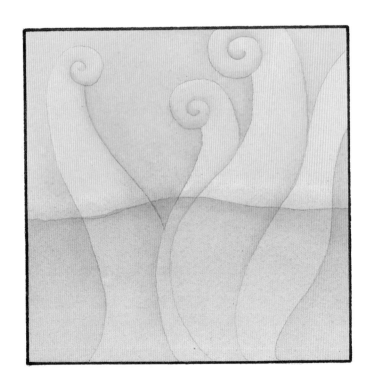

Nessa pasó el largo invierno escuchando los cuentos de su abuela. Los contaba en el lugar de reunión, eran relatos de trolls con garras y osos de diez patas y enormes *silak* peludos que todos escuchaban con atención.

Nessa ansiaba tener un cuento que contar.

Se pasó todo el invierno y la primavera buscando un cuento.

Al llegar el verano, la tundra se llenó con el sonido de los pájaros.

—Nessa —le dijo su abuela al levantarse una mañana—. Esta anciana tiene hambre de huevos.

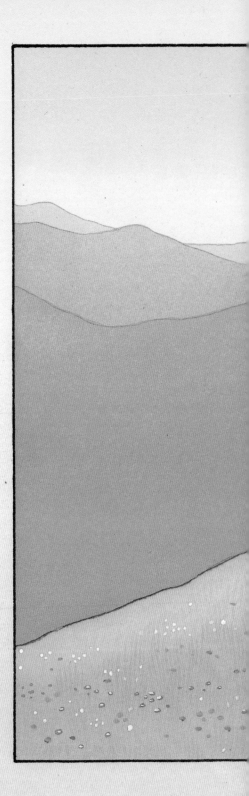

Nessa se puso las botas de piel de foca. Cogió una bolsa de piel y un palo afilado y partió en busca de huevos de pájaros.

Caminó por la tundra. Encontró la cueva de un ratón de la tundra en la hierba, los huesos de una zorra y cuatro huevos moteados.

Nessa puso los huevos en la bolsa y siguió caminando en busca de algo que pudiera ser su cuento.

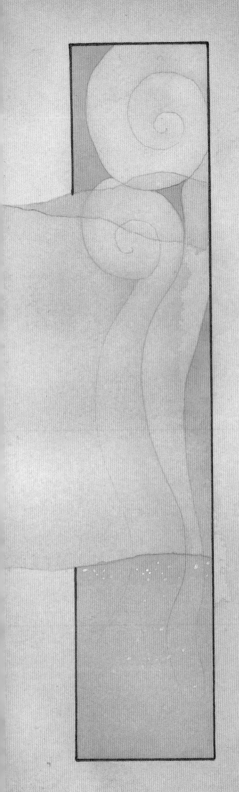

Mientras avanzaba, la niebla que se levantaba del suelo la iba envolviendo. Muy pronto todo era gris.

Estaba tan gris que era difícil buscar nada. Nessa se sentó junto a una roca grande y blanca y esperó que pasara la niebla.

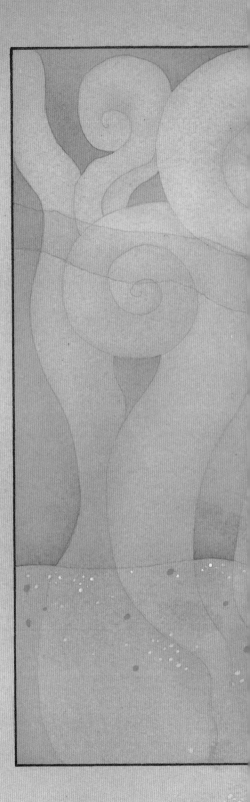

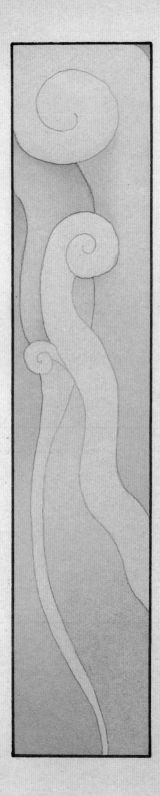

La niebla creaba formas en el aire. Nessa empezó a oír ruidos—resoplidos, estornudos y bufidos. Primero pensó en los osos; luego, en los trolls con garras.

Estremecida, Nessa trató de pensar en otra cosa. La roca se sentía tibia contra su espalda…

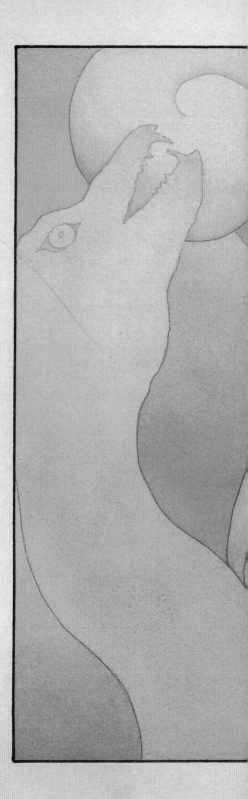

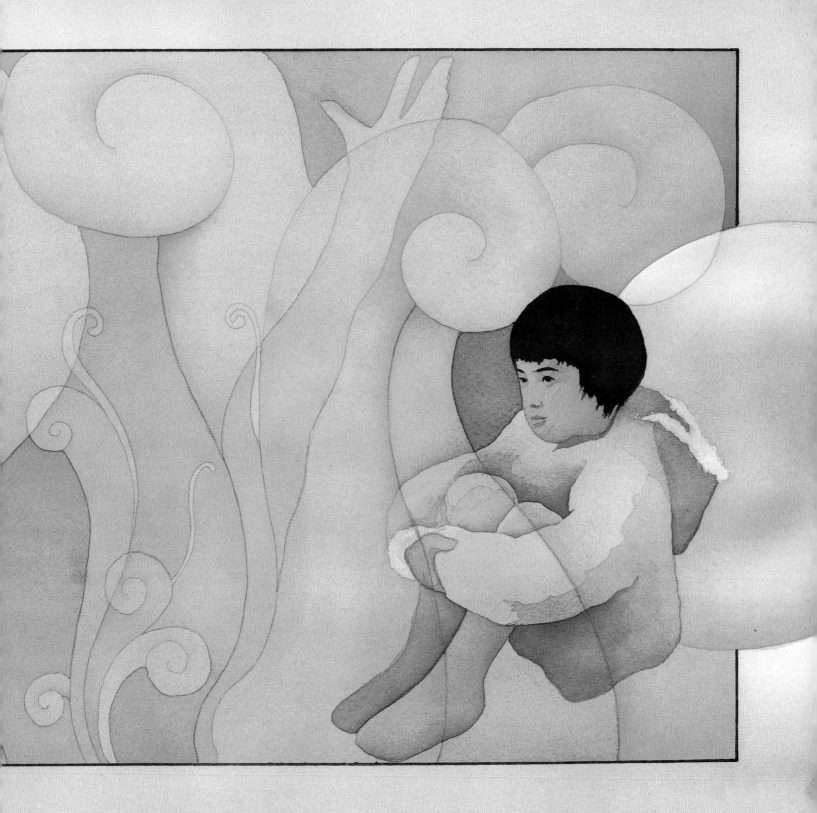

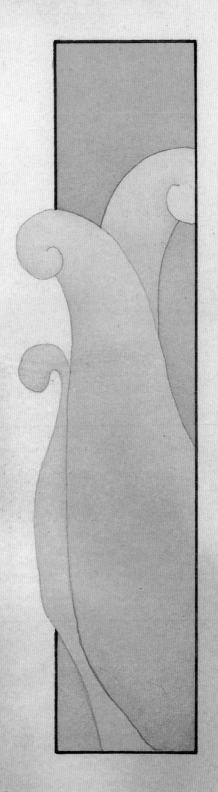

"Quizá", pensó, "no es una roca.
Quizá es un huevo".
Esperando que la niebla aclarase,
trataba de imaginarse qué había adentro.

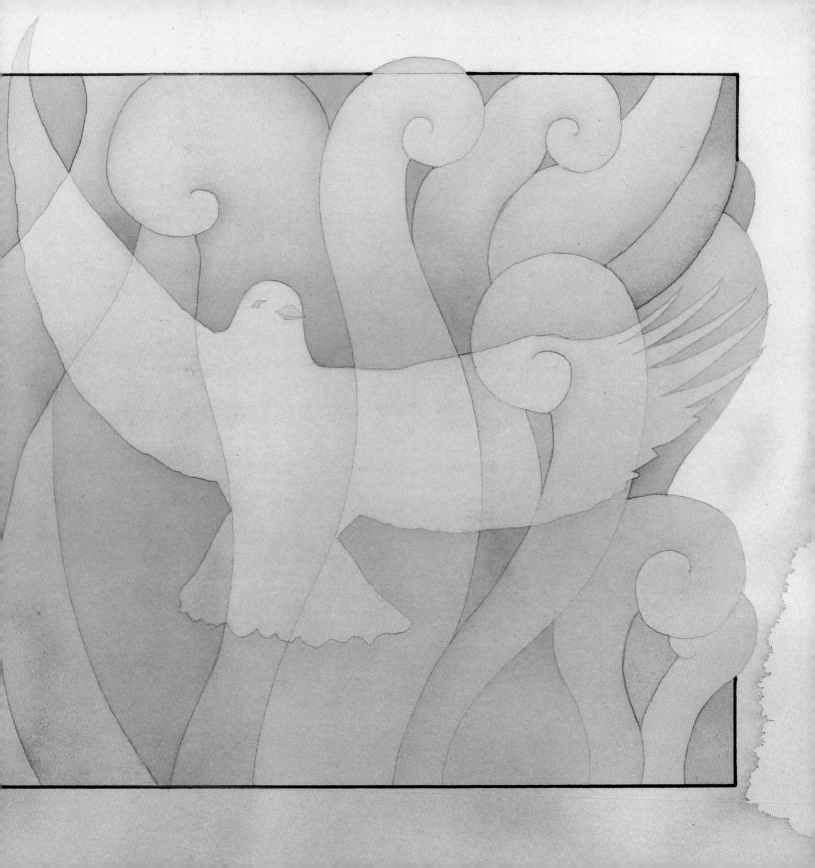

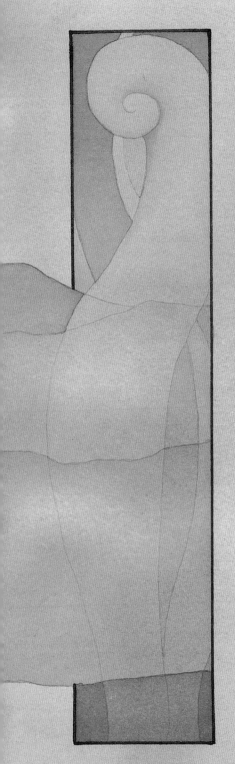

Nessa escuchó golpecitos. Se levantó de un salto y agarró su palo, lista para defender su huevo.

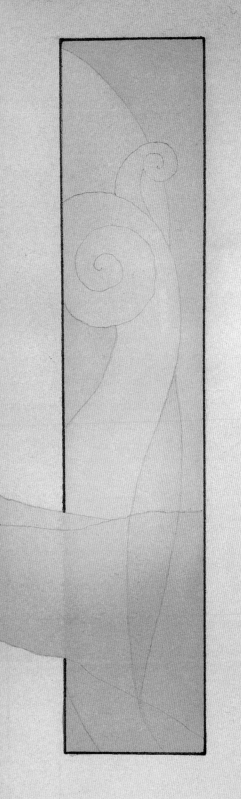

No muy lejos, un caribú resopló levantando la cabeza. Los caribúes que pastaban a todo su alrededor no parecían presentir peligro.

Tap! Tap-tap.

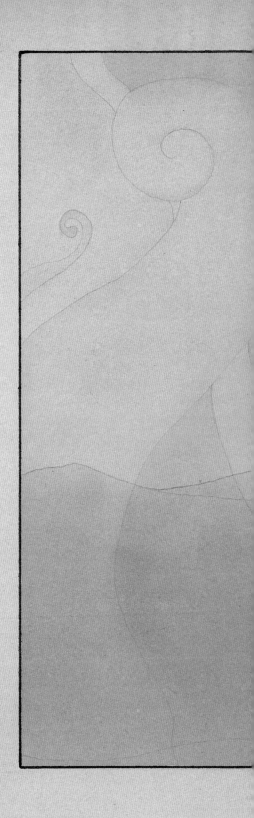

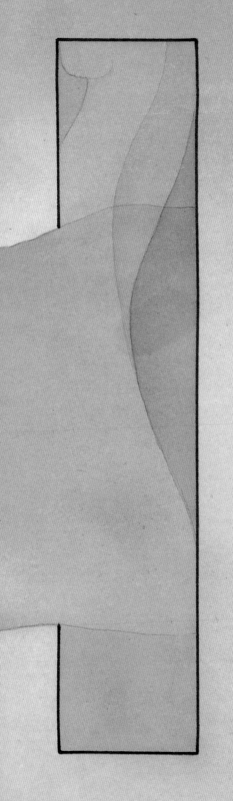

Nessa caminó alrededor del huevo. El sonido venía de *adentro*.

Se apartó cuando la cáscara se rompía. Una cabeza grande y desgreñada se asomaba del huevo.

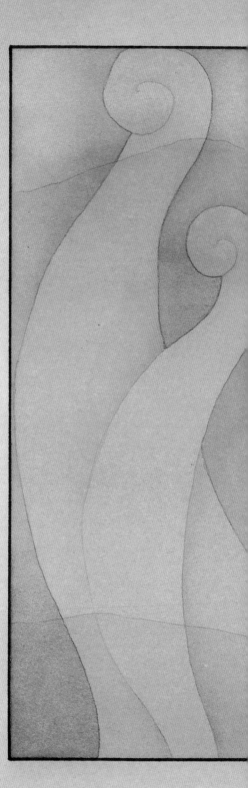

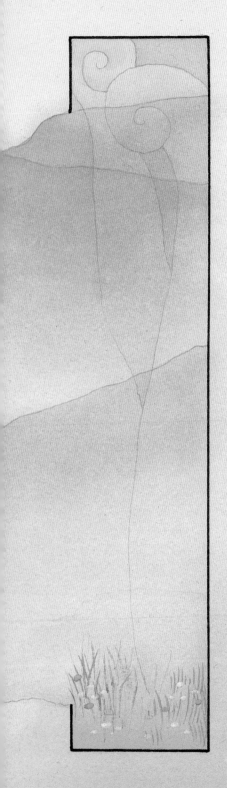

Del huevo salió el animal más extraño que había visto en su vida. Tenía un hocico grande, cortos colmillos blancos y patas tan fuertes como los palos que sostienen las carpas.

"Es más grande que un oso", pensó Nessa. "¡Quizá es un *silak*!"

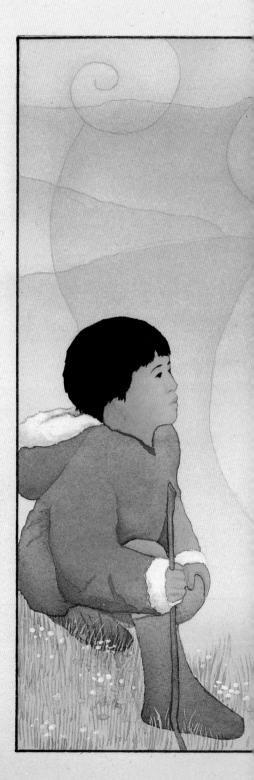

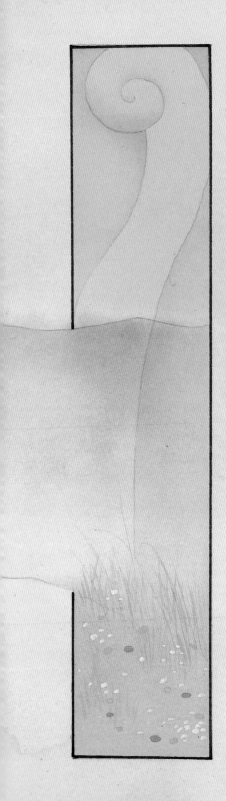

Nadie del campamento, ni siquiera su abuela, había visto nunca un animal como éste.

El *silak* arrancó con la trompa un mazo de hierba y se lo metió en la boca. Masticaba despacio, observando a Nessa con un enorme ojo negro. Ella lo miraba sorprendida.

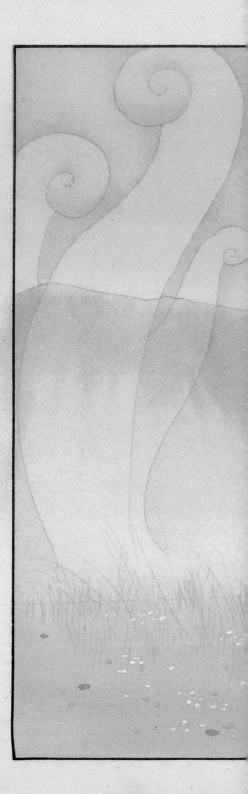

En ese momento, la niebla dejó pasar los rayos del sol. Rápido como un ratón de la tundra, el *silak* desapareció debajo de la tierra.

Nessa lo miró mientras desaparecía. Estaba ansiosa por contárselo a su abuela.

Emprendió su regreso cruzando la niebla que empezaba a levantarse, pasó el nido vacío, los huesos de zorra y la cueva de ratón de la tundra.

Nessa corrió a los brazos de su abuela y le entregó los huevos.

—¿Has estado buscando huevos todo el día? —le preguntó su abuela.

—Encontré un huevo *gigante* — dijo Nessa—. ¡Escuchen!

Nessa ya podía contar su propio cuento.

Y todos escucharon.

Nota de la autora

Este cuento está inspirado en un animal que los inuit (esquimales) llaman *silak* o *kilivfak*. En las culturas árticas hay varias leyendas sobre un animal enorme y desgreñado que sale de la tierra. La gente de Siberia dice que vive bajo la tierra y que si lo tocara la luz del sol, moriría. Los esquimales del norte de Alaska dicen que el *kilivfak* se puede enterrar como un topo gigante. Y los inuit del ártico canadiense cuentan que el *silak* nace de un enorme huevo blanco. Quizá estas leyendas recuerdan los tiempos en que los lanudos mamuts pastaban en la tundra ártica.